D0875171

Joceline Sanschagrin

Joceline Sanschagrin est née à Montréal le 2 septembre 1950, à 17 heures 20, d'une mère qui n'avait pas froid aux yeux et d'un père qui n'était pas entrepreneur de pompes funèbres. Joceline Sanschagrin est toujours vivante. Malgré son nom, il lui arrive d'avoir de la peine.

Genre de journaliste à la pige, Joceline S. travaille dans les média électroniques: Radio-Canada, Radio-Québec et CFTM. Elle a aussi collaboré à *Québec-Rock*, à *La Presse* et au *Journal de Montréal*. Elle a écrit des pièces de théâtre pour enfants. Pendant qu'elle travaille, elle ne fait pas de mauvais coups.

Pierre Pratt

Il n'est pas facile, aujourd'hui, de voir le jour en 1962. Pourtant, Pierre Pratt l'a fait, et un an plus tard, il fête son premier anniversaire. Tout va bien. Mais il aura fallu attendre vingt ans avant qu'il ne publie ses premières illustrations. Depuis, il collabore à certains magazines (*Croc, Châtelaine, Coup de pouce*, etc.), dessine toutes sortes de choses (des monsieurs, des madames, des autos, des souliers vernis, etc.) et, à l'occasion, en souvenir de ses débuts, il fait des bandes dessinées (pour la revue *Titanic*).

Autrement, il est friand de jazz, des chansons de Chico Buarque et des livres de Henri Calet.

Les éditions La courte échelle
4611, rue Saint-Denis
Montréal (Québec) H2J 2L4

Conception graphique:
Derome et Pilotte, designers inc.

Dépôt légal, 1er trimestre 1987
Bibliothèque nationale du Québec

ISBN: 2-89021-064-2

Joceline Sanschagrin

ATTERRISSAGE FORCÉ

Illustrations de Pierre Pratt

Chapitre I

— Ben, voyons...

Wondeur ne se trompe pas. Ses cheveux rouges se soulèvent, sa combinaison flotte. Elle perd de l'altitude.

Ça descend vite, et c'est arrivé tout d'un coup:

— Surtout, pas de panique...

Mais l'air souffle de plus en plus fort dans ses oreilles. Le sol se rapproche. Dans un éclair, Wondeur comprend qu'elle va s'écraser. Il ne lui reste qu'une chose à faire:

— Limiter les dégâts.

Elle rentre la tête dans les épaules, relève les genoux et serre les coudes. Le reste se fait tout seul.

Étendue sur le dos, Wondeur ouvre les yeux. Elle voit le ciel, elle a mal au nez. Autour, c'est la forêt.

— Sorte d'affaire! pense Wondeur,

trop sonnée pour parler à haute voix.

Puis elle essaie de se relever. Mais ça va mal. D'abord, elle s'aperçoit que son nez saigne et qu'elle frissonne. Dans sa tête surtout, ça tourne à toute vitesse.

— Faut que je me calme, décide Wondeur.

Couchée dans l'herbe, elle se concentre sur sa respiration. Elle inspire et expire à fond pendant un long moment. Quand les tremblements commencent à diminuer, elle s'appuie sur un coude. Elle examine les environs. Elle aperçoit des fougères, des sapins et des érables. Pas de

trace de civilisation.

— Plutôt tranquille dans le coin, risque bravement Wondeur.

Mais la forêt étouffe le son de sa voix.

Wondeur se remet lentement sur ses pieds. Elle constate que ses jambes sont raides, sa combinaison de vol plutôt déchirée. Du revers de la main, elle essuie le sang qui lui coule du nez:

— Il y a quelque chose qui cloche... Je survolais une ville. Ça, j'en suis certaine.

Dans la forêt, le soir descend. Wondeur ne voit plus grand-chose. Avant qu'il ne fasse trop noir, elle consulte sa montre. La vitre du cadran est réduite en miettes; elle cache les aiguilles.

— Garantie à l'épreuve des chocs mon oeil! marmonne Wondeur.

Puis elle remarque:

— Tiens, on dirait que j'ai retrouvé mon bon caractère. Tant mieux. Si je suis de mauvaise humeur, c'est que j'ai moins peur. Voyons... Quand je suis tombée, c'était le matin... J'ai dû rester inconsciente pendant plusieurs heures...

Wondeur s'est enveloppée dans sa cape noire. Blottie au creux d'un gros arbre, elle met beaucoup de temps à s'endormir. Pourtant, quand elle se réveille, il est très tôt. La clarté commence à peine à s'installer.

Wondeur sort de sa cape et s'étire un peu. Elle tâte le dessus de son nez:

— Ayoille!

Wondeur ouvre son poudrier. Dans le miroir en forme de coeur, elle voit d'abord du sang séché. Elle examine le côté gauche de son visage. Elle constate qu'un fameux oeil au beurre noir se prépare. Dans le miroir, derrière sa tête...

— Le mur! dit Wondeur en se retournant brusquement.

Et elle en a le souffle coupé.

Droit devant elle, un mur de brique se dresse, immense. Ce mur, ce rempart se perd dans les nuages. Nulle part, ni à l'est ni à l'ouest, Wondeur ne peut en apercevoir la fin.

— C'est en entrant dans l'ombre du mur que j'ai commencé à tomber, murmure Wondeur.

Et elle se rappelle exactement tout ce qui est arrivé.

Sans quitter le mur des yeux, Wondeur fouille les poches de sa combinaison. Elle en sort fébrilement un carnet de notes. Sur la dernière page du cahier, juste avant de tomber, elle a écrit:

2 septembre, 10h 35 min. latitude N 44°5', longitude W 15° 8'. Devant, un obstacle. J'ai ralenti pour scruter l'horizon: rien à vue d'oeil. Pas la moindre montagne, la moindre ligne de pylônes. J'ai consulté la carte. Rien là non plus. Pourtant, quelque chose de gigantesque bloque le cours des ondes sonores. Aussi bien en avoir le coeur net. J'augmente la vitesse et l'altitude.

Wondeur referme son carnet de bord. Elle relève la tête et regarde le mur de brique rouge. Elle calcule:

— Pas question de voler par-dessus, je manquerais d'oxygène...

Wondeur réfléchit un moment, puis:

— ...Pas question non plus de rebrousser chemin. Je vole jusqu'au mur pour l'examiner de plus près. Ensuite... Ensuite, on verra.

L'air décidé, Wondeur fait quelques

pas, elle inspecte les alentours. Certaine d'être seule, elle récite à mi-voix: "Les vents me sont favorables. Étendue sur un sofa rapide JE HURLE."

Plusieurs secondes s'écoulent. Wondeur attend, mais rien ne bouge. À sa grande surprise, elle reste collée au sol et ne s'envole pas. Vaguement inquiète, elle répète à nouveau la formule. Cette fois encore, c'est le calme plat:

— Sorte d'affaire!

Puis Wondeur comprend:

— Maudit mur! Tant que je suis dans son ombre, mes pouvoirs sont annulés. Je ne peux plus voler.

Debout au milieu de la forêt, Wondeur reste perplexe. Elle mordille l'ongle de son pouce droit et contemple le mur. Au bout d'une minute:

— Tant pis, j'y vais à pied.

Wondeur marche à grands pas, le mur se rapproche. Plus elle avance dans son ombre et plus le temps s'assombrit.

Wondeur contourne des arbres, enjambe des ruisseaux mais, surtout, elle réfléchit. Elle pense à l'histoire de sa vie.

— Une histoire de fou, commente-t-elle.

Ça s'était passé comme ça. Très tôt un matin, en sortant sur son balcon, la vieille Léontine avait failli trébucher. On avait déposé devant sa porte un sac en cuir beige à moitié fermé. Sous les couvertures, un tout petit bébé dormait.

Léontine s'était précipitée dans la rue. Mais comme d'habitude à cette heure-là, elle n'avait vu personne. Revenue au sac, la vieille femme avait pris l'enfant dans ses bras. En défaisant ses couches, elle avait trouvé un poudrier. Un poudrier blanc et or en forme de coeur. Celui que Wondeur transporte toujours avec elle.

Le poudrier contenait une note. Une note que Wondeur connaît par coeur tellement elle l'a relue:

Je suis malade et fatigué.
On me poursuit. Je n'en peux plus.
Je vous en prie, prenez soin de ma fille.
Un jour, je reviendrai.

Wondeur a grandi chez Léontine. Pendant longtemps, elle a attendu son père qui n'est jamais revenu. Le jour de son douzième anniversaire, elle a décidé de quitter sa protectrice. Depuis plusieurs mois, Wondeur voyage pour essayer de retrouver son père.

— Une histoire à ne pas raconter dans une cour d'école, remarque Wondeur.

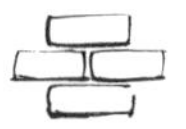

Wondeur marche depuis une heure déjà. Elle a hâte d'arriver, elle pense à Léontine.

Le matin de son départ, la vieille femme lui avait fait ses dernières recommandations. Une main posée sur l'épaule de Wondeur, elle avait dit:

— Tu pars pour un long voyage. Tu rencontreras toutes sortes de gens. Il t'arrivera peut-être même de perdre tes pouvoirs. N'oublie pas: tout ne dure qu'un temps seulement. Sois prudente. Surtout, écoute toujours ce que tu sens.

Les paroles de Léontine étaient sérieuses. Mais derrière ses lunettes, comme d'habitude, ses yeux dansaient. À la dernière minute, Léontine avait remis à Wondeur une grande cape noire:

— Prends-la, elle te tiendra au chaud.

Puis elle avait ajouté:

— La raison de ton départ ne compte pas. L'important, c'est que tu t'en ailles. Je te souhaite de retrouver ton père. J'ai confiance en toi. Bon voyage.

Aujourd'hui encore, Wondeur trouve ces paroles bien étranges. Elle sait que Léontine aurait préféré qu'elle ne la quitte pas.

— *"L'important, c'est que tu t'en ailles"*... Je me demande bien pourquoi elle a dit ça... Tiens...

À travers les arbres, Wondeur vient

de voir luire quelque chose:

— On dirait une ville!

La ville est construite au pied du mur de brique rouge. Quand Wondeur atteint les premières rues, elle les trouve désertes. Il y fait très sombre. Même en plein jour, on a allumé les lampadaires.

— Sorte d'affaire de mur! Son ombre recouvre la ville complètement, chicane Wondeur.

Sur le trottoir, ses pas résonnent.

— Je suis tombée dans une ville fantô...

Wondeur n'a pas le temps de finir sa phrase, elle aperçoit quelqu'un. De l'autre côté de la rue, une silhouette avance, un fanal à la main. Dès qu'elle voit Wondeur, la femme bifurque et fonce sur elle. En passant, elle chuchote, l'air méchant:

— Qu'est-ce que tu fais ici? Tu pourrais au moins enlever tes souliers!

— Mais...

— Tu parles trop fort! dit encore la femme à voix basse avant de s'en aller.

Abasourdie, Wondeur s'arrête. Elle regarde la femme s'éloigner. Celle-ci se retourne plusieurs fois et la menace du

poing. Alors seulement, Wondeur remarque que la femme est nu-pieds:

— Bon. Je ne sais pas où je suis tombée, mais à Rome on fait comme les Romains.

Aussitôt Wondeur s'accroupit, défait ses lacets et enlève ses bottes. Elle les met dans la poche la plus grande de sa combinaison de vol. Nu-pieds au milieu de cette ville étrange, Wondeur se met à espérer:

— Mon père habite peut-être ici...

Et Wondeur s'enfonce davantage dans la ville. Derrière elle, l'ombre du mur s'allonge de plus en plus. Arrivée à la terrasse d'un café, elle s'assoit et observe. Toutes les chaises et toutes les tables du café sont rembourrées. Le plancher de la terrasse est soigneusement recouvert de trois tapis superposés. Les clients parlent à voix basse. Ils boivent dans des verres de plastique mou, et ils sont nu-pieds. Pour réussir à y voir clair, plusieurs d'entre eux portent des casques de mineurs.

— La ville entière est allergique au bruit, déduit Wondeur.

Mine de rien, elle jette un coup d'oeil à sa gauche. Un homme et une femme discutent avec animation, ils chuchotent. Wondeur n'entend rien de ce qu'ils racontent.

À sa droite, un homme seul fixe le sol tout en fumant une cigarette. Perdu dans ses pensées, il grimace chaque fois qu'il aspire la fumée. Wondeur s'approche:

— Excusez-moi... Je ne suis pas d'ici...

Lentement, l'homme relève la tête. En apercevant Wondeur, il plisse les yeux. Il allume sa lampe de poche et la braque sur Wondeur qui est aveuglée:

— Pourriez-vous baisser votre fais-

ceau, s'il vous plaît?

La lampe s'éteint. Sans dire un mot, les yeux toujours plissés, l'homme continue de dévisager Wondeur.

— La gentillesse lui sort littéralement par les oreilles, pense Wondeur.

Essayant d'oublier l'air rébarbatif de son interlocuteur, elle chuchote:

— Est-ce que le mur est très ancien?

L'homme demeure impassible, ne bronche pas d'un poil. Sans se troubler elle non plus, Wondeur reformule sa question:

— Je voudrais savoir. En quelle année le mur a-t-il été construit?

— Quel mur? demande l'homme.

— Mais celui qu'on a devant les yeux! Je n'ai jamais vu un mur aussi grand. Il obstrue la vue à des kilomètres à la ronde. On ne peut pas passer.

— Si le mur dérange tes plans, tu peux toujours retourner d'où tu viens, rétorque l'homme.

Prise de court, Wondeur reste muette. À ce moment, la serveuse arrive. Malveillante, elle siffle très bas en direction de Wondeur:

— Tu sais très bien que je n'ai pas le droit de te servir. Alors déguerpis!

Chapitre II

Wondeur fulmine. En même temps, elle sent le découragement la gagner:

— Mais qu'est-ce que je leur ai fait?

Les mains dans les poches, elle s'éloigne lentement du café. C'est contre elle-même surtout que Wondeur est fâchée. Elle se rappelle, mais trop tard, certaines recommandations de Léontine: "Il t'arrivera de ne pas comprendre. Ne pose pas de questions. Regarde, observe et tire tes propres conclusions."

— J'ai certainement raté une belle occasion de me taire, pense Wondeur.

Tourmentée par mille questions, elle continue sa marche à l'ombre du mur:

— Je parle à voix basse, je marche nu-pieds. Pourtant, les habitants de la ville ont l'air de me détester.

Pour ne pas trop attirer l'attention, Wondeur évite les lumières des lampadaires. En zigzaguant, elle réfléchit. À toutes ses questions, une seule réponse:

— C'est comme à l'école, ça doit être à cause de mes cheveux rouges.

Alors Wondeur s'arrête. Elle déplie sa cape et la pose sur sa tête, comme un voile. Sa chevelure rouge cachée, elle poursuit sa route. Et examine chacun des passants qu'elle croise:

— Tout le monde se promène en regardant par terre...

Elle essaie très fort de ramasser ses idées:

— Ces gens habitent au pied d'un mur dont ils ne veulent pas parler. Ils ont horreur du bruit, ils...

Au beau milieu de ses réflexions, Wondeur aboutit à la dernière rue. Et se retrouve au pied du mur.

D'abord, elle ne voit pas grand-chose. Le halo des réverbères fait apparaître des pans de brique rouge. Wondeur devine le mur. Sa présence est écrasante.

Les yeux de Wondeur s'habituent lentement à la pénombre. Ils enregistrent alors une scène étrange. Au pied du mur de brique rouge, une foule complètement silencieuse fait son marché. Sous sa cape noire, Wondeur commente:

— On dirait un film muet...

Wondeur entre dans la foule et se laisse entraîner un moment. Elle s'assoit ensuite à l'écart, sur un bloc de ciment. Elle examine le mur et surveille le va-et-vient. Wondeur voudrait bien percer le secret de la ville du Mur. Elle voudrait aussi comprendre la façon de faire de ses habitants:

— C'est comme un casse-tête, et il me manque beaucoup trop de morceaux...

Une pomme tombe d'une table et roule jusqu'aux pieds de Wondeur, qui la ramasse. Elle la croque:

— Mmm... presque pas de tanin, peu d'acide malique... calcium, potassium, brome, silice... présents en infime quantité. Pas surprenant que ce monde-là soit si pâle.

Le temps s'est alourdi. Les nuages accrochés au mur noircissent. Très bas, ils touchent presque les réverbères.

— Un orage se prépare, constate Wondeur.

Autour d'elle, silencieuse, la foule s'agite. Wondeur sent qu'elle est sur le point d'en savoir plus:

— On peut obliger le monde à parler

tout bas. Mais empêcher le tonnerre de gronder, ça c'est plus compliqué.

Dans la rue, la foule s'énerve et court d'un bord et de l'autre. Les étals ferment, la marchandise est rentrée. Transportant des valises, des sacs à dos, on s'éloigne du mur à toute vitesse:

— Mais tout le monde se sauve!

Un vent glacé parcourt Wondeur. Au-dessus de sa tête, le tonnerre gronde. Les réverbères de la rue du Mur s'éteignent.

— Panne de courant, devine Wondeur.

Le tonnerre roule et se rapproche, un éclair rose déchire le ciel. Tout de suite,

l'orage éclate. Un torrent d'eau s'abat sur Wondeur, qui doit courir pour s'abriter. Se protégeant autant que possible avec sa cape, elle sonde plusieurs portes. Elle constate qu'avant de s'enfuir, les habitants de la ville ont verrouillé. Wondeur est de plus en plus trempée:

— La pluie se change en grêle!

Wondeur cherche autour et remarque un soupirail mal fermé. Elle s'accroupit, retire la fenêtre et se glisse dans l'ouverture les pieds en premier. Complètement trempée, elle atterrit sur le derrière.

— Fiou!

Wondeur va se relever:

— Aah...

Son coeur bat très fort. Dans la noirceur, quelqu'un a ri. Wondeur écarquille les yeux. D'abord, il y a une flamme. Elle distingue ensuite le globe enfumé d'une lampe à huile. Autour, elle aperçoit des visages.

Cinq enfants sont assis par terre. Ils ont arrêté de jouer aux billes pour regarder Wondeur.

— Ça tombe fort, hein? dit celui qui rit, l'air taquin.

Trop occupée à regarder les enfants,

Wondeur oublie de répondre.

— On ne t'a jamais vue. Tu habites quel entrepôt?

— Comment tu t'appelles?

Chétifs et pâles, les enfants sont tous à peu près de l'âge de Wondeur. Ils flottent dans des vêtements trop grands et ne portent pas de souliers.

— Avitaminose A, D, et E, enregistre machinalement Wondeur.

Le garçon qui a ri s'approche. Ses yeux gris acier dansent comme ceux de Léontine. Il veut aider Wondeur à se relever. Encore surprise, elle laisse échapper:

— Vous êtes les premiers enfants que je rencontre dans cette ville!

Les yeux gris dansent toujours:

— Toi, tu ne viens pas d'ici.

Wondeur regrette d'avoir parlé si vite. Mais le garçon continue:

— On se cache. On vit sous les maisons ou dans les caves des entrepôts. Les grandes personnes nous laissent tranquilles si on ne fait pas de bruit.

— Mais pourquoi est-ce que tout le monde ici craint tant le bruit? demande Wondeur.

À sa question, le reste du groupe se

rapproche. Les trois garçons restent un peu à l'écart. Les filles, une brune et une blonde, se tiennent par la main. La brune a les yeux bleus, une frange et des tresses. Perdue dans un vieux manteau de chauffeur d'autobus, elle répète doucement:

— Comment tu t'appelles?

— Wondeur Lacasse, répond-elle, encore assise sur son derrière.

Sans se gêner, tout le monde l'examine. Wondeur fait de même. La fille blonde sourit. On voit ses dents qui avancent un peu. Ses yeux noirs restent tristes. Elle propose:

— Si tu veux, on pourrait échanger nos combinaisons.

Wondeur jette un coup d'oeil sur les vêtements de la fille blonde. Elle porte une ancienne combinaison de plâtrier beaucoup trop grande pour elle.

Le garçon aux yeux gris se fait insistant:

— D'où viens-tu?

— Moi aussi, j'ai des questions à poser, répond Wondeur plutôt méfiante.

— On y répondra, assure les yeux gris.

— Même si elles concernent le mur?

De la tête, les yeux gris fait signe que oui:

— Commence.

Wondeur n'a pas tellement le choix. En s'adressant aux yeux gris surtout, elle raconte l'histoire de sa vie. Quand finalement elle se tait, le garçon demande:

— La forêt qui entoure la ville est gardée. Comment as-tu réussi à passer?

— Je l'ai survolée, répond Wondeur sans réfléchir.

— Mais ton avion aurait dû déclencher le système d'alarme...

Wondeur hésite. Cette fois encore, elle n'a pas le choix:

— Je sais voler... sans avion. Je me suis écrasée quand l'ombre du mur m'a touchée.

Les yeux gris est surpris. Derrière lui on entend:

— C'est probablement le système de défense antiaérien de basse altitude. Le volume de ton corps n'est pas assez important pour déclencher l'alarme. Heureusement.

Un petit gros vêtu d'une veste d'aviateur en cuir bleu s'avance. Il regarde Wondeur en fronçant les sourcils:

— Connais-tu la latitude et la longitude de ton accident? Te rappelles-tu à quelle vitesse tu volais?

— Tout est inscrit dans ma boîte noire. Mais c'est à votre tour de m'expliquer ce qui se passe ici.

— On commence par où? demande les yeux gris en regardant la fille aux tresses.

— Par le commencement. Crois-le ou non, ma chère Wondeur, personne ne sait ici quand le mur a été construit.

— ! ! !

— L'histoire du mur a déjà existé. On l'avait entrée dans la mémoire d'un ordinateur, raconte le petit gros à la veste d'aviateur.

— Mais le cerveau électronique a attrapé un rhume... de cerveau, dit la blonde d'un ton innocent.

La moitié du groupe sourit, l'autre s'esclaffe. Au bout d'un moment, la fille aux tresses ajoute:

— On ne sait pas exactement ce qui s'est passé. Sur l'histoire du mur, les ordinateurs répondent que leur mémoire est vide.

— Mais dans les livres? objecte

Wondeur.

Du regard, tout le monde s'interroge.

— On n'a jamais lu de livre qui parle du mur, confirme le petit gros.

— Mais savez-vous au moins pourquoi on l'a construit?

— De ça, on est un peu plus au courant, dit les yeux gris.

Et, avant de poursuivre, il inspire profondément:

— Il paraît que derrière le mur on a entreposé des déchets. Des milliards de tonnes de déchets chimiques et radioactifs. Il y aurait aussi plusieurs modèles de bombes atomiques...

Le petit gros a vraiment l'air au courant:

— Des modèles compliqués, on ne sait plus comment les désamorcer...

— Ce n'est pas tout, intervient le grand, qui n'avait pas encore ouvert la bouche.

Il parle très vite:

— Il paraît que le mur et ses déchets ont engendré des monstres. On raconte que le mur retient les eaux d'une chute gigantesque. Une chute plus forte encore que celle du Niagara!

Wondeur trouve que le grand exagère. Elle trouve aussi qu'il a l'air inquiet. Il se ronge les ongles et tire les poils d'un début de moustache.

— Bref, conclut le petit gros, on dit n'importe quoi.

— Mais vous devez toujours avoir peur? dit Wondeur.

— Bah! on est habitués, crâne le grand à moustache.

— Si tout le monde chuchote et marche nu-pieds, c'est à cause du mur. C'est pour éviter les vibrations. Tout le monde dit qu'une vibration trop forte suffirait à déclencher une explosion atomique, explique la fille aux tresses.

— C'est pour ça qu'on a déployé le bouclier spatial. Pour s'assurer que rien ne heurte le mur, précise le petit gros.

Wondeur a l'air sceptique.

— De génération en génération, les habitants de la ville gardent le mur. Tout le monde est de mauvaise humeur, tout le monde est énervé. Je suppose que tu t'en es aperçue? dit la blonde.

— Oui, mais pourquoi êtes-vous obligés d'habiter dans les caves?

— Parce qu'on peut rire et faire du bruit en s'amusant, continue la blonde.

Wondeur trouve toute cette histoire un peu farfelue. Mais elle ne se laisse pas distraire et réfléchit à mi-voix:

— Bon... le mur a l'air impossible à franchir... Si je veux retrouver mon père, aussi bien m'en retourner...

En entendant Wondeur, les autres s'échangent des coups d'oeil. Le petit gros s'éclaircit un peu la voix. Il révèle à Wondeur ce que tôt ou tard elle finira bien par découvrir:

— Tu n'aurais pas dû entrer dans cette ville. Maintenant tu ne peux plus en sortir.

Chapitre III

— Une autre histoire de fou!

Wondeur avance à grandes enjambées. Sa cape traîne dans les flaques d'eau. Ses cheveux rouges ébouriffés, elle parle toute seule.

Dans la rue du Mur, il fait sombre, comme d'habitude. À part Wondeur, on ne voit pas un chat. L'orage s'est éloigné. Une pluie ennuyante n'arrête pas de tomber.

— Cette histoire ne tient pas debout! La preuve: le grondement du tonnerre n'a pas déclenché la moindre explosion.

De plus en plus de mauvaise humeur, elle ajoute:

— J'ai pu entrer dans cette ville, je suis parfaitement capable d'en sortir.

Wondeur passe devant la carcasse d'une voiture abandonnée. On lui a retiré ses pneus et on l'a déposée à plat ventre sur quatre blocs de ciment.

— Une ancienne Volkswagen, identifie Wondeur.

Elle s'approche, ouvre la portière et trouve les banquettes en parfait état:

— C'est exactement l'endroit qu'il me faut pour réfléchir.

Wondeur s'installe à la place du conducteur. Dans le pare-brise de la Volkswagen brune, elle regarde dégouliner la pluie. Elle réfléchit:

— La forêt entoure la ville de trois côtés et ses abords sont gardés... Sur le quatrième côté, le mur... et je ne peux plus voler...

Wondeur a l'impression de tourner en rond. Pour se changer les idées, elle entreprend l'inventaire de ses bagages.

— On trimballe toujours beaucoup trop de choses.

Du ventre de sa combinaison Wondeur tire d'abord ses bottines. Tout au fond de la poche, elle trouve ensuite son carnet de bord et son crayon.

— Ça fait belle lurette que je n'ai pas écrit.

La main sous l'épaulette gauche, Wondeur défait la fermeture éclair d'un compartiment secret. Le poudrier en forme de coeur apparaît. Wondeur l'ouvre et souffle sur la poudre, qui ternit le miroir:

— Tiens, mon oeil au beurre noir commence à jaunir.

Wondeur tâte une poche latérale de sa combinaison. Elle y déniche trois pinces à cheveux et une gomme à mâcher sans sucre. En mâchant la gomme, elle plonge la main dans la dernière poche. Plutôt surprise, elle en ressort une feuille de papier:

— Qu'est-ce que c'est que ça?

Sur un papier froissé, on a écrit quelque chose à la hâte. L'écriture est irrégulière. Wondeur a toutes les misères du monde à la déchiffrer:

"J'irai te... voir... de... main soir... à mi... nuit. Je sais des... choses... qui pou... pourraient... t'inté... resser."

— Bizarre. Pas de destinataire, pas de signature non plus. Où est-ce que j'ai bien pu ramasser ça?

Pendant un moment, Wondeur se creuse la tête. Elle ne trouve pas. Fatiguée, elle s'étend sur la banquette avant de la voiture et s'endort.

Enveloppée dans sa cape noire, Wondeur dort à poings fermés. Sa promenade sous la pluie l'a enrhumée. Elle renifle; elle rêve que quelqu'un frappe à la vitre de la portière. Wondeur ouvre les yeux. On frappe vraiment à la portière.

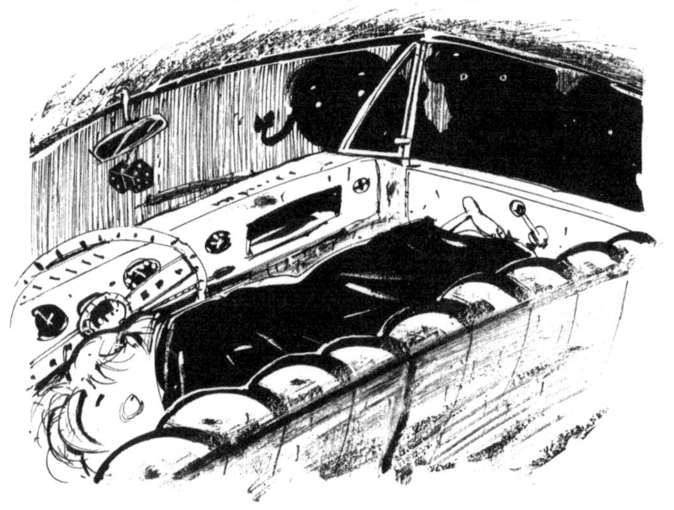

Apeurée, elle réussit quand même à demander tout bas:

— Qui est là?

Elle croit entendre:

— Tes amis de l'entrepôt...

Dans la vitre embuée, Wondeur devine qu'ils sont trois. Une tête a des tresses:

— On dirait la fille brune...

Wondeur comprend:

— Le message! J'aurais dû y penser plus tôt.

Tout de suite, elle ouvre la portière. La brune, la blonde et les yeux gris montent à bord de l'automobile. La blonde prend place à l'arrière.

— Mais comment avez-vous pu me trouver?

Les yeux gris ne répond pas à la question:

— Je connais un homme qui ressemble à ton père.

Wondeur reste la bouche ouverte.

— Il est triste, il est mince, il est grand, il est sombre. Et il n'a pas d'ambition... C'est bien la description que tu nous as donnée? demande le garçon.

— Ce sont les seuls indices que Léontine a pu trouver. Elle a interrogé tous les voisins, murmure Wondeur.

— Parfait. On se revoit demain après-midi, promet la brune.

— C'est moi qui reste avec toi. Je te conduirai, chuchote la blonde.

Wondeur voudrait questionner les yeux gris. Elle comprend que ses amis ne doivent pas s'attarder. Sans un mot de plus, deux de ses visiteurs descendent de l'automobile. Dès qu'ils sont partis, Wondeur demande:

— Parle-moi de l'homme qui ressemble à mon père.

La blonde ne se fait pas prier:

— Moi, je ne l'ai jamais vu. Mais il paraît que c'est un savant. Quand les autres l'ont rencontré, il se promenait dans les caves.

— C'est difficile d'attendre jusqu'à demain, murmure Wondeur.

— Mais comment vas-tu reconnaître ton père si tu ne l'as jamais vu?

— C'est lui qui me reconnaîtra. Quand je lui montrerai mon poudrier.

Wondeur se sent fripée. Elle n'a pas fermé l'oeil de la nuit. La fille blonde se réveille, fraîche comme une rose:

— Vite, c'est l'heure! dit-elle en consultant sa montre.

Discrètement, les deux filles descendent de l'automobile. La blonde traverse la rue en courant et se faufile par une porte. Wondeur la suit et se retrouve dans une cuisine. Sans hésiter, la blonde se dirige vers un placard. Elle l'ouvre, se penche et tire un anneau de fer vissé au plancher. Une trappe se lève. De l'ouverture monte une forte odeur de moisissure.

Les deux filles avancent dans une cave humide, la blonde en premier. Avec une lampe de poche, elle éclaire le sol de terre battue.

— Regarde où tu marches, prévient-elle.

Wondeur examine autour. La cave est à peu près vide. Sauf que, dans un coin, on a jeté en tas des boîtes de conserve. Les boîtes sont toutes rouillées; elles ont perdu leurs étiquettes.

— Des boîtes de petits pois, imagine Wondeur.

Elle fait encore deux pas:

— Sorte d'affaire!

La blonde se retourne et pouffe de rire. Wondeur a la tête couverte de fils d'araignée.

— Je t'avais prévenue, dit la blonde en traversant une des fondations de la maison. Toutes deux s'engagent dans une ouverture.

Le plafond de la deuxième cave est

très bas. Les deux filles sont obligées d'avancer tête baissée, les épaules courbées.

Heureusement, le trajet est court. Wondeur pénètre bientôt dans une troisième cave; elle est habitée. Au milieu d'un tas de vieilleries, sur des fauteuils abandonnés, des garçons et des filles dorment. Wondeur balaie la pièce du regard. Les enfants ont installé des balançoires, ils les ont fixées aux tuyaux du système de chauffage.

— Drôle de vie, pense Wondeur.

Mais la blonde lui fait déjà signe de la suivre:

— On passe par l'ancien système d'égout, ça ira plus vite.

La blonde connaît les caves de la ville comme le fond de sa poche. Après avoir entraîné Wondeur dans l'égout, elle lui fait visiter les couloirs du métro:

— Les trains étaient trop bruyants, on les a arrêtés.

Les filles marchent un moment sur les rails. Puis la blonde pousse une grille:

— On est arrivées.

Wondeur s'approche. Dans un stationnement, une quarantaine d'enfants s'amusent et parlent à voix normale.

— C'est la cave la mieux insonorisée de la ville. On l'utilise comme point de ralliement, dit la blonde.

En traversant la salle, Wondeur croise un groupe qui saute à la corde. Il s'accompagne d'un air qu'elle ne connaît pas:

Haschich et polyester
j'm'ennuie de ma mère
Haschich et fibre de verre
j'veux pas aller en enfer
Le pirate de l'air
A mis mon jupon à l'envers...

Wondeur aperçoit les yeux gris, le petit gros et la fille aux tresses. Elle pense:

— Ils n'ont pas emmené le grand à moustache...

Les deux groupes se rejoignent. Ils commencent aussitôt une nouvelle procession dans les souterrains de la ville. Ils s'arrêtent dans une cave creusée à même le roc. Au milieu, on entend couler un ruisseau.

— C'est ici, dit le petit gros.

La lampe de son casque de mineur éclaire un escalier. Les marches sont mouillées, couvertes de mousse verte.

— Attention, ça glisse! lance quelqu'un du groupe.

À la dernière marche, le petit gros appuie le dos sur une trappe et la soulève. On entend:

— Je vous attendais. Dépêchez-vous.

Chapitre IV

Wondeur et ses amis montent l'escalier, les uns derrière les autres. Le petit gros fait les présentations. Un homme grand et mince, l'air triste et sombre, salue chacun. Il s'appelle Bonzaï et ne porte pas de souliers.

Wondeur se sent drôle, elle ne peut s'empêcher de dévorer l'homme des yeux. Cinquante ans, le crâne chauve, la barbe foncée, il ne plaît pas beaucoup à Wondeur. La main dans sa poche, elle serre très fort son poudrier.

— C'est bizarre chez vous, déclare la blonde.

Les autres se taisent. Ils examinent la place avec curiosité.

La lumière verte d'un écran cathodique attire d'abord leur attention. Recouverte d'une grosse toile, l'imprimante de l'ordinateur grésille, son papier se déplie.

— Bonzaï aussi a peur du bruit, note

Wondeur en jetant un coup d'oeil autour.

Du plancher au plafond, sur trois côtés, des livres tapissent la pièce. Un laboratoire de chimie est installé contre la quatrième cloison. Ses becs à gaz sont éteints, ce qui lui donne un air abandonné. Juste à côté, la seule fenêtre de la place est occupée par un télescope.

Bonzaï suit le regard des enfants, mais les laisse explorer. Après un moment, il explique d'une voix nasillarde:

— Il y a une éternité que ce laboratoire ne sert plus. Depuis quelques temps, je m'intéresse à l'holographie. Je...

Pendant que Bonzaï parle, mine de rien, Wondeur sort son poudrier. Elle fait comme si elle voulait retirer une poussière de son oeil. La fille blonde comprend l'astuce. Elle surveille les réactions de Bonzaï.

L'homme parle toujours. Ses yeux se posent un moment sur Wondeur. La vue du poudrier ne le trouble pas le moins du monde:

— J'ai aussi étudié la courbe du temps...

Bonzaï s'interrompt:

— Mais toutes ces histoires ne sau-

raient vous intéresser. Quel est l'objet de votre visite?

— Je veux sortir de cette ville, dit Wondeur qui a déjà rangé son poudrier.

— C'est impossible. Vos amis vous l'ont sûrement expliqué...

— Le cas de Wondeur est différent. Elle sait voler, s'empresse d'annoncer le petit gros.

Wondeur encaisse le coup. Elle a oublié de prévenir ses amis qu'ils ne devaient jamais mentionner ses pouvoirs.

Bonzaï étudie Wondeur avec beaucoup d'intérêt:

— J'ai toujours rêvé de pouvoir voler. Comment fais-tu?

— À l'ombre du mur, je ne vole plus, répond Wondeur pour gagner un peu de temps.

— Je comprends. Mais quand tu volais, comment faisais-tu? insiste l'homme chauve.

— Léontine m'a enseigné à voler. Je ne sais pas transmettre ce savoir, répond Wondeur sans se troubler.

Tout le monde sent que Bonzaï s'impatiente. Mais, réflexion faite, il décide de ne pas se fâcher:

— J'ai déjà eu en ma possession un plan du mur. Si tu veux t'en retourner, ça pourrait peut-être t'intéresser. Je vais essayer de le retrouver. Reviens me voir demain à la même heure, on prendra le thé.

— Merci, dit Wondeur qui n'en espérait pas tant.

— Je suis certain que l'on pourra s'entendre... et conclure un marché, termine l'homme, la voix plus nasillarde que jamais.

Wondeur ne répond pas. Elle se dirige vers la trappe et descend l'escalier. Sans un mot, ses amis la suivent.

Appuyée au mur du stationnement souterrain, Wondeur réfléchit. Ses amis l'entourent. Tout le monde a l'air abattu.

— Chose certaine, Bonzaï n'est pas ton père, commence la blonde.

— Il a beaucoup trop d'ambition. Tu ne devrais pas retourner chez lui, continue les yeux gris.

— Vas-tu lui montrer à voler?

demande le petit gros.

— Je ne peux pas, répond Wondeur.

Les enfants se regardent, des points d'interrogation dans les yeux.

— Pourquoi? souffle la brune.

— Bonzaï est trop rusé. Il n'apprendrait pas. Même Léontine ne pourrait lui enseigner à voler.

— Tu veux dire que savoir voler, c'est une question de caractère? propose la blonde.

— C'est ça et c'est autre chose aussi... Je vous en prie, ne parlez plus de mes pouvoirs à personne.

Tout le monde se tait. Les yeux gris s'approche de Wondeur. Il pose une main sur son épaule:

— On va t'aider.

Couchée dans un coin de l'entrepôt sur une banquette d'automobile recyclée, Wondeur se réveille. À côté d'elle, les yeux gris a dormi sur un matelas de gymnastique. Il sourit à Wondeur, il lui fait signe de le suivre et de se taire.

Wondeur se lève et regarde alentour. La brune, la blonde et le petit gros dorment tous les trois sur un tas de vieux vêtements.

— Ça va?

— Oui, mais j'ai faim, chuchote Wondeur.

Les yeux gris sort un biscuit d'une de ses poches. Il le tend à Wondeur, qui croque une bouchée et grimace aussitôt. C'est sec et ça ne goûte rien.

— As-tu un plan? demande le garçon.

— Avec les gens rusés il faut procéder par la ruse. Veux-tu toujours m'aider?

Les yeux gris fait signe que oui.

— Il faut aller chez Bonzaï avant l'heure prévue et l'épier. On apprendra peut-être quelque chose.

La cave de Bonzaï dégouline d'humidité. Assis dans l'escalier, Wondeur et son ami attendent. Pour avoir plus chaud, ils se sont rapprochés. Ils ne parlent pas. Ils suivent les moindres mouvements de Bonzaï. Ils ont entendu des robinets couler, ils ont perçu des froissements de papier. Mais ils n'ont rien appris de nouveau.

Tout à coup, à l'étage supérieur,

quelqu'un frappe à la porte de Bonzaï. Dans la noirceur, Wondeur et les yeux gris retiennent leur souffle. Ils écoutent de toutes leurs oreilles:

— ...tu m'as volé le plan du mur... dit Bonzaï, la colère dans la voix.

— ...tu t'es approprié les résultats de mes recherches... répond une voix de femme.

Les enfants ne réussissent qu'à attraper des bribes de conversation. Wondeur exulte quand même intérieurement:

— Le plan du mur existe vraiment!

En haut, on continue à échanger des reproches:

— ...servie de moi... dit l'homme chauve.

— ...tu m'as pillée... poursuit la femme.

— Belle mentalité, pense Wondeur qui en sait suffisamment.

De l'épaule, elle pousse doucement les yeux gris. Sur la mousse, ils descendent l'escalier. Wondeur manque une marche et laisse échapper un cri.

Presque tout de suite la trappe s'ouvre au-dessus des enfants. Le garçon a juste le temps d'agripper Wondeur et de la tirer contre lui. Tout près, la voix nasillarde de Bonzaï dit:

— J'étais pourtant certain d'avoir entendu quelque chose...

Wondeur serre fort la main de son compagnon. En haut, personne ne bouge.

Bonzaï descend trois marches. Il se penche. Sur les murs, il promène un faisceau lumineux. Les enfants se calent de leur mieux le long de la paroi rocheuse. Bonzaï descend encore une marche et... glisse lui aussi:

— !@#*!?

À l'étage au-dessus, la femme pouffe de rire. Malgré leur peur, les enfants se mordent les lèvres pour ne pas faire la même chose. Sacrant comme un démon, Bonzaï remonte l'escalier. Il laisse retomber la trappe.

— Fiou! soupirent les enfants.

— Merci. C'est ce qu'on appelle de la présence d'esprit, chuchote Wondeur.

— J'aime ça être avec toi, répond les yeux gris.

Confuse, Wondeur ne sait pas quoi dire; elle se sent étrangement de bonne humeur.

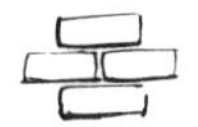

Les trois enfants écoutent en silence le récit de Wondeur et des yeux gris.

— Cette femme est probablement une ancienne collègue de Bonzaï, dit le petit gros.

— Je connais une femme qui a un laboratoire comme celui de Bonzaï. C'est peut-être elle. En tout cas, on peut essayer. Si tu veux, je peux t'y mener, dit la blonde.

— J'y vais aussi, dit les yeux gris.

— Soyez prudents, recommande la brune.

Et les enfants se séparent.

Chapitre V

Wondeur frappe à la porte d'une autre cave. Une femme très belle ouvre. Sa robe de chambre en ratine blanche sent la lavande. Derrière la femme, Wondeur aperçoit une douzaine de souris, blanches elles aussi. Dans une grande cage, elles s'amusent à se pourchasser.

— Bonjour. Connaissez-vous monsieur Bonzaï ?

— Oui... dit la femme, surprise.

Elle recule d'un pas. Wondeur entrevoit alors une série de bacs de plastique dispersés à travers la pièce. Des céréales, des herbes y poussent sous la lumière de longs néons roses.

— Est-ce que je peux vous parler un moment?

— Entre. Je m'appelle Kousmine.

— Wondeur Lacasse.

Kousmine invite Wondeur à s'asseoir sur une causeuse d'osier blanc.

— Je n'ai pas eu de nouvelles de Bonzaï depuis deux ans. Et c'est la deuxième fois que j'entends parler de lui aujourd'hui, dit-elle moqueuse.

Elle examine Wondeur:

— Tu es moins pâle et moins frêle que les autres. Comme si tu n'avais pas de carence en vitamine A...

— Je n'en ai pas encore. C'est normal, je viens tout juste d'arriver.

Kousmine relève un sourcil. Elle est surprise davantage encore quand Wonder ajoute:

— Et je veux m'en retourner.

Kousmine a l'air incrédule, une lueur d'intérêt brille dans ses yeux:

— J'allais justement préparer le dîner. Je t'invite à le partager.

Et elle se dirige vers la cuisine. Elle verse dans un bol de cristal un peu d'huile pressée à froid. Avec un fouet d'argent, elle bat du fromage blanc. Kousmine laisse tomber une pluie de grains au fond d'un mortier. Et les écrase ensuite.

Wondeur reconnaît la recette de la fameuse crème que préparait Léontine:

— De la crème Boumwig, il faut en manger tous les jours. Sinon l'effet dis-

paraît, avance timidement Wondeur.

Kousmine sourit:

— Tu sais beaucoup de choses, répond-elle.

— J'ai l'air de douze ans. Mais Léontine prétend toujours que j'en ai 372.

— Calculer le temps, c'est délicat. Et ça n'est jamais pareil. On dit qu'il passe vite. Il arrive aussi qu'on le trouve trop long.

Kousmine vient de parler comme Léontine. Wondeur sait maintenant qu'elle peut lui faire confiance:

— Vous possédez un plan du mur... Je me trouvais dans la cave de Bonzaï quand vous avez... discuté.

Kousmine sourit encore:

— Bonzaï fabule. Le plan dont il parle est un faux. Il n'a jamais été utile à qui que ce soit. Si je lui ai pris ce plan...

— Je sais, interrompt Wondeur.

— Bonzaï n'est pas une mauvaise personne. Mais il ne voit pas beaucoup plus loin que le bout de son nez; comme la plupart des gens d'ailleurs. Je le connais bien. J'ai d'abord été son élève. Nous avons travaillé aux mêmes recherches pendant plusieurs années. Nous avons même été amoureux.

Wondeur ne répond rien.

— Alors, tu veux sortir d'ici? continue Kousmine.

En hochant la tête, Wondeur fait signe que oui.

— À mon avis, le système de défense de la ville est sans faille, dit Kousmine.

Wondeur se rappelle son arrivée et rit dans sa barbe. Mais ça se voit aussi dans ses yeux.

— Tu ne me crois pas? demande Kousmine.

— Disons qu'à condition de savoir tomber, on peut très bien déjouer votre système de défense.

Kousmine verse la crème Boumwig dans deux assiettes. Elle invite Wondeur à retourner s'asseoir dans la causeuse d'osier blanc. Wondeur raconte alors l'histoire de son crash et celle de son arrivée.

— Humm... sortir de la ville, c'est plus difficile que d'y entrer. Crois-moi, je suis née ici. À pied, c'est impossible. Et tu ne peux plus voler.

Wondeur regarde Kousmine et remarque qu'elle hésite. Puis:

— Une rumeur veut qu'il existe un passage sous le mur...

Assise sur le bout de sa chaise, Wondeur répète:

— Une rumeur?

— Oui, et à mon avis la rumeur est fondée. Ce passage, je connais des gens qui l'ont emprunté...

— Et alors?

— Ils ne sont jamais revenus.

Wondeur s'affale sur la causeuse.

— ...ce qui ne veut pas dire qu'ils ont péri, réfléchit Kousmine à mi-voix.

Pendue aux lèvres de Kousmine, Wondeur attend la suite:

— Si ces gens ont survécu, personne ne peut les blâmer de n'être jamais revenus. La ville est tellement sombre...

— Je suis certaine que ces gens sont vivants. Plus vivants que la plupart des habitants de la ville, dit Wondeur en se redressant.

— Tu t'entêtes à vouloir t'en retourner...

— Je veux retrouver mon père, c'est très important.

Et Wondeur raconte comment la vieille Léontine l'a un jour adoptée.

— Hum... c'est vrai que Bonzaï ressemble au signalement de ton père. Est-ce que je peux voir ton poudrier?

Wonder fouille dans le compartiment secret de sa combinaison. Elle veut tendre son poudrier à Kousmine. Mais au dernier moment, il lui glisse des doigts:

— Merde!

Un peu de poudre s'est répandue sur le carrelage. Le miroir est sorti de sa gaine. Kousmine se penche la première:

— Ne crains rien, ça se répare facilement, dit-elle en ramassant les morceaux.

Elle les examine:

— Il y a quelque chose de gravé dans

le couvercle, dit-elle sur un drôle de ton.

Wondeur écarquille les yeux. Elle a regardé ce poudrier mille fois!

Kousmine lit dans ses pensées:

— Le miroir cachait l'inscription.

Wondeur prend le poudrier, elle tremble tellement elle est énervée. Elle lit:

"À celle qui me fait le bonheur de partager cette vie avec moi."

Roméo

— Mon père s'appelle Roméo, murmure Wondeur.

— J'ai d'abord préféré ne pas t'en parler... pour ne pas te donner de faux espoirs... mais les coïncidences se multiplient et...

— Dites-moi ce que vous savez, demande Wondeur la voix éteinte.

Kousmine ne se fait pas prier davantage:

— J'ai connu un homme du nom de Roméo, il y a de ça une dizaine d'années. Physiquement, il correspond à la description que tu m'as faite de ton père.

La bouche sèche, Wondeur réussit quand même à articuler:

— Où est cet homme?

— Il y a longtemps qu'il est reparti, répond Kousmine.

La tête de Wondeur se vide. Elle n'a plus d'idées. Dans la brume, en face d'elle, une robe de chambre en ratine blanche raconte:

— Cet homme parlait peu et ne fréquentait personne. La nuit, il allait souvent rôder autour du bunker des Archives municipales.

— Les Archives... souffle Wondeur qui revient à elle.

— On y garde les dossiers et les documents anciens de la ville. Si le secret du mur se trouve quelque part, c'est aux Archives, dit Kousmine.

— Mon père a franchi le mur, chuchote Wondeur en retrouvant ses esprits.

Du coin de l'oeil, Kousmine surveille une des souris qui s'est échappée de sa cage. Elle trottine sur le dessus d'une tringle à rideau, puis disparaît sous une armoire.

— Si mon père a trouvé le passage, je peux le trouver moi aussi, dit Wondeur.

À quatre pattes au milieu de la pièce, Kousmine renonce à rattraper la souris.

Elle se relève en se frottant les genoux:

— Ça n'est pas aussi simple que tu le crois. Les Archives municipales sont fermées à clé, il est défendu de les consulter. Elles sont gardées jour et nuit, c'est un véritable bunker.

— Drôle d'idée, remarque Wondeur un peu scandalisée.

Kousmine a l'air embarrassée. Elle ne dit plus rien. Wondeur en profite:

— Je ne crois pas à toutes ces histoires de mur et de vibrations...

— Tout le monde y croit, même Bonzaï, répond Kousmine sans lever les yeux.

— Et vous? risque Wondeur.

— Moi? Non.

Et Kousmine époussette le bout de ses souliers en crocodile doré.

Chapitre VI

Dans l'entrepôt, les enfants ont allumé plusieurs lanternes. Le petit gros prend la direction des opérations:

— On ne peut pas tous entrer, prévient-il.

— Mais on ne sera pas trop nombreux pour faire le guet, complète la fille aux tresses.

Wonder a étalé devant elle le plan que lui a remis Kousmine. Elle se propose d'apprendre le tracé du bunker des Archives par coeur. Elle l'étudie dans ses moindres détails.

La blonde arrive tout essoufflée. Elle a trouvé des câbles et des crochets d'acier. Elle vérifie leur solidité.

— Où est le premier système de surveillance vidéo? demande les yeux gris à Wondeur, comme s'il lui faisait réciter ses leçons.

— ...euh... au troisième étage... du

côté nord-ouest, répond Wondeur, les yeux fermés pour mieux se concentrer.

— Exact. Et comment fonctionne le système d'alarme?

Il est très tard. Dans les rues de la ville, on ne voit personne. Personne excepté les officiers de l'escouade antivibrations. Deux par deux, ils font la ronde des chambres à coucher. La tête cachée sous leurs oreillers, les habitants de la ville dorment. Mais ils essaient surtout de ne pas ronfler.

La ville du Mur a l'air de reposer. Dans ses sous-sols, pourtant, douze paires d'yeux sont grand ouverts. De cave en cave, Kousmine, Wondeur et ses amis progressent lentement vers le bunker. Ils avancent sans dire un mot. Chacun sait ce qu'il doit faire. Point par point ils exécutent le plan élaboré la veille.

Wondeur marche le coeur léger. Les effets de la crème Boumwig commencent à se faire sentir. L'idée qu'elle pourrait bientôt retrouver son père agit sur elle

comme une potion magique.

Le petit gros souffle sa lanterne le premier. Sans bruit, il soulève à deux mains le couvercle de l'égout. Il sort la tête jusqu'à la hauteur des yeux: la voie est libre.

Le garçon se hisse au bout de ses bras et se retrouve au niveau de la rue. Il court se plaquer le long de la maison la plus proche. Un à un, tout aussi silencieusement, les autres font pareil. Les yeux gris remonte le dernier; il referme le couvercle de l'égout.

Kousmine, Wondeur et ses amis transportent de lourds équipements. Ils se tiennent en grappes et avancent en frôlant les murs. À une centaine de mètres du bunker, tout le monde s'arrête en même temps.

— L'édifice est blindé, constate Wondeur.

Le bunker des Archives municipales a été transformé en forteresse. Des barreaux de fer interdisent l'accès à ses portes. Toutes ses fenêtres sont aveugles; on les a cimentées. Devant l'entrée principale, deux soldats montent la garde.

— On dirait une prison pour papiers,

pense Wondeur.

Sur un signe des yeux gris, la blonde se détache du groupe. Elle porte un tambour et des baguettes. D'un pas militaire, elle se dirige droit vers les soldats. En faisant mine de s'apprêter à jouer du tambour, elle leur passe sous le nez.

Dès qu'ils l'aperçoivent, les deux hommes lèvent les bras au ciel. Complètement hors d'eux, ils voudraient se mettre à crier. Ils abandonnent leur poste, se précipitent vers la blonde et lui arrachent son tambour:

— Les instruments de musique sont

formellement défendus! chuchote le premier.

— Les enfants aussi! crache le deuxième.

— Mais qu'est-ce que tu fais ici?

La fille blonde s'amuse beaucoup. Elle a toujours voulu être comédienne:

— Je ne m'endors pas, répond-elle l'air le plus innocent du monde.

Comme prévu, Wondeur et Kousmine profitent de cette tactique de diversion, et contournent le bunker. Les câbles en bandoulières, elles transportent un coffre d'outils et une torche électrique. La fille brune les suit, et une fois derrière le bunker, elle leur fait la courte échelle.

Quelques minutes plus tard, les deux alpinistes atteignent le toit. D'en haut, elles aperçoivent la blonde, que les deux soldats escortent. Ils la reconduisent aux caves.

— Voyons... Ça, c'est le système de chauffage. Là-bas, ça doit être celui de ventilation, réfléchit Wondeur.

Avec un tournevis étoile, Kousmine défait le panneau de métal indiqué par Wondeur. Les ouvertures de trois conduits apparaissent:

— Si le plan est juste, celui de droite devrait être le bon, déduit Wondeur.

Elle attache une extrémité du câble autour de sa taille. Et accroche l'autre à l'une des pentures qui retenaient le panneau. Souhaitant ne pas s'être trompée, Wondeur se laisse glisser.

Elle atterrit sur un grillage de métal. Sous ses pieds, à travers les carreaux, elle aperçoit plusieurs piles de vieux journaux:

— Parfait.

Wondeur défait la grille et saute. Kousmine la rejoint. Les deux femmes s'accroupissent sur le plancher de la bibliothèque. Pour atteindre la salle du fond, elles rampent sous les tables. Wondeur et Kousmine s'arrêtent souvent. Il leur faut déjouer les mouvements de balayage de plusieurs caméras.

À mesure qu'elles exécutent les étapes du plan, Wondeur récapitule:

— On en a passé cinq... Finies les caméras. Maintenant, la combinaison du cadenas.

Wondeur relève la tête:

— Sorte d'affaire!

D'un bond elle recule:

— Ils en ont installé une autre!

La caméra se promène.

— Pas moyen de savoir si on a été repérées, pense Wondeur.

Kousmine n'a rien vu, elle interroge Wondeur des yeux.

— Si on se trouvait dans son champ de vision, c'est déjà fichu... Plus rien à perdre, je continue.

Et Wondeur rampe jusqu'à la porte vitrée. Sous la poignée, les touches d'un clavier lumineux clignotent. Wondeur a les mains moites. Elle n'est plus certaine de se rappeler la combinaison. Elle hésite... La caméra va bientôt revenir sur elle. Wondeur ramasse ses idées. Elle inspire profondément et se répète:

— Je connais la combinaison... je connais...

Tout d'un coup, les chiffres lui reviennent. Vite, Wondeur pianote. La porte s'ouvre, Wondeur entre et la referme.

La caméra vidéo balaie la place. Son oeil électronique enregistre une porte fermée, comme d'habitude.

La pièce, minuscule, sent l'encre et le renfermé. Partout des livres, des dossiers, des journaux et des boîtes de carton empilés.

— On commence par où? chuchote Wondeur.

Kousmine a l'air embêtée. On a tout entassé pêle-mêle. La plupart des boîtes ne sont même pas identifiées. Machinalement, elle passe la main sur une pile de livres:

— On commence là où il y a le moins de poussière, dit-elle.

— Elle a peur de se salir!... pense Wondeur.

— Les seules personnes qui entrent ici viennent pour trouver les plans du mur. Les boîtes les moins empoussiérées sont celles qui ont déjà été consultées, continue Kousmine.

— Pas bête, commente Wondeur tout de suite rassurée.

À la lumière de leurs lampes de poche, Kousmine et Wondeur font le tour de la pièce. Elles trouvent au milieu trois boîtes qui semblent plus propres que les autres. Elles entreprennent de les fouiller.

Dehors, le jour va se lever. La brune,

DÉFENSE
D'ENTRER

la blonde, le petit gros et les yeux gris ne peuvent plus attendre. À contrecoeur ils s'en retournent par où ils sont arrivés.

Dans la cave de l'entrepôt la blonde s'inquiète:

— J'espère que tout se déroule comme prévu.

— Elles ne se sont pas fait prendre, l'armée serait déjà là, remarque la brune.

— C'est juste, dit le petit gros.

Pendant un moment tout le monde a l'air de méditer.

— On ira les chercher ce soir, à l'heure convenue. En attendant, on ferait bien de se reposer, décide le petit gros.

Les yeux gris, lui, ne dit rien. Quelque chose est coincé au fond de sa gorge.

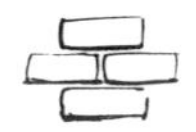

Les mains noircies par la poussière, Kousmine et Wondeur ont lu des papiers toute la journée.

— Tu es certaine qu'on va trouver? demande Wondeur.

— Il faut continuer à chercher, répond Kousmine en feuilletant un dossier.

Elles ont déjà entamé la troisième boîte depuis une bonne demi-heure. Les deux premières contenaient surtout des procès-verbaux et des actes notariés.

Wondeur vient de trouver un cartable mince aux feuilles encore plus jaunies que les autres.

— Regarde comme c'est drôlement écrit:

"Pensant en ces yeux qui souloient
Faire de moy ce qu'ils vouloient
De vivre je n'ay plus d'envie..."

— C'est de l'ancien français. Ce document est vieux de plus de trois cents ans, constate Kousmine très intéressée.

Et elle se plonge dans la lecture du cartable.

Wondeur reste debout au milieu des boîtes de carton. Les piles de sa lampe de poche commencent à faiblir, son courage aussi. Elle s'assoit par terre dans un coin. La tête appuyée sur un classeur, elle imagine son père dans la même salle, examinant et fouillant les mêmes documents. Une main dans la poche de sa combinaison, elle serre son poudrier. De l'autre main, elle promène un rayon lumineux autour de la pièce:

— Tiens... qu'est-ce que c'est?

À moitié cachée par une pile de vieux journaux, on dirait une inscription. Wondeur s'approche. Elle lit:

— *"Trois tours à gauche... deux tours à droite... Appuyez sur le bas de la moulure."*

Wondeur déplace les journaux et découvre une rosace de bois sculpté. En suivant les indications, elle la fait pivoter. Derrière, un mécanisme s'enclenche. Wondeur appuie alors sur la moulure, près du plancher. La moulure bascule. On y a caché un cahier:

— Kousmine, viens voir ce que j'ai trouvé!

Chapitre VII

À leur réveil, les enfants trouvent Wondeur couchée en boule à côté d'eux. Ils regardent autour: pas de trace de Kousmine. La blonde s'approche de Wondeur pour la réveiller. Mais le garçon aux yeux gris l'arrête:

— Tu vois bien qu'elle est fatiguée.

— On ferait mieux de voir où est passée Kousmine, dit la fille aux tresses.

— J'y vais.

Et la blonde part en coup de vent.

Wondeur dort tard. Assis en tailleur, les yeux gris veille. La brune et le petit gros n'en peuvent plus d'attendre. Ils ne savent déjà plus à quoi jouer quand, finalement, la blonde revient.

— Kousmine est chez elle...

— Alors, qu'est-ce qu'elle t'a dit? demande le petit gros.

— Rien... Elle dort elle aussi. Et je

n'ai pas osé la déranger…

Les enfants se regardent. Même le garçon aux yeux gris a l'air déçu.

— Est-ce qu'il est tard?

D'un seul mouvement tout le monde se tourne vers Wondeur. Assise sur un tas de vieux vêtements, ses cheveux sont retroussés. Le manteau qui lui servait d'oreiller a boursouflé ses joues. Un motif de tweed s'y est profondément imprimé. Les yeux fripés, Wondeur annonce tout de suite que le passage existe.

— Je sais où il se trouve.

— On peut franchir le mur?... murmure la blonde incrédule.

— Et tu sais ce qu'il y a derrière le mur? s'informe le petit gros.

— De l'autre côté, je retrouverai peut-être mon père. Pour moi, c'est ce qui compte, répond Wondeur.

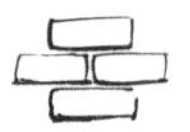

Wondeur est partie faire ses adieux à Kousmine. Dans la cave de l'entrepôt, ça discute fort:

— Wondeur ne devrait pas franchir le mur, c'est dangereux, dit la brune en tortillant une de ses tresses.

— Wondeur ne peut pas rester ici, répond les yeux gris.

— Et toi, tu ne devrais pas l'aider, chicane la blonde.

— Wondeur a besoin de quelqu'un qui l'accompagne jusqu'au passage secret. Il faut être deux pour l'ouvrir.

— Mais tu souffres du vertige autant que nous, proteste le petit gros.

— Je le combattrai, c'est tout.

— Est-ce que tu pars avec Wondeur? demande timidement la blonde.

Les yeux gris ne répond pas tout de suite. Sans regarder personne, la voix rauque:

— Wondeur ne m'a pas demandé d'aller avec elle... C'est un voyage qu'elle doit faire toute seule.

Une heure s'écoule avant que Wondeur ne revienne à l'entrepôt. Quand elle arrive:

— Vite, on va être en retard, dit les yeux gris.

— Je connais mal les caves, j'ai pris

une mauvaise direction. Heureusement, j'ai rencontré quelqu'un qui sait où vous habitez.

— Tu as trouvé une barrette, remarque la blonde.

Wondeur retire le petit peigne de nacre qu'elle a dans les cheveux:

— Kousmine m'a fait des cadeaux. Je les ai acceptés, mais je préfère transporter le moins de bagages possible.

Et elle tend le petit peigne à la brune:

— Prends-le, ça t'ira bien.

Wondeur cherche quelque chose dans ses poches. Elle en tire un calepin à couverture cartonnée rouge et le donne au petit gros.

— Tiens, c'est pour toi. Un carnet, c'est toujours utile. Et moi, j'en ai déjà un.

Wondeur se tourne ensuite vers la blonde:

— Kousmine ne m'a rien donné d'autre. Mais si tu es toujours d'accord, on peut échanger nos combinaisons...

— C'est l'heure, il faut s'en aller, interrompt les yeux gris.

Les yeux gris marche devant, il tient

un bout de l'échelle. Vêtue de la combinaison de plâtrier, Wondeur suit. Elle soutient l'autre extrémité de l'échelle.

La rue du Mur commence à rétrécir. Elle n'est plus pavée mais couverte de cailloux. Ici et là seulement, on voit encore quelques maisons. Wondeur et les yeux gris avancent d'un bon pas. Depuis qu'ils sont partis, ils n'ont pas échangé un mot.

La végétation empiète sur la route, qui devient un sentier. Les yeux gris s'arrête:

— Je pense qu'on est arrivés, dit-il en éclairant le haut du mur.

Dix mètres au-dessus, cimentés dans la brique, Wondeur aperçoit des chiffres romains. Elle constate que sur le mur, la vieille horloge marque cinq heures:

— C'est le moment, dit-elle.

Les enfants adossent l'échelle au mur, à gauche de la grande aiguille.

— Je vais te conduire, chuchote les yeux gris.

Il prend la main de Wondeur et la mène un peu plus loin. Il s'arrête là où la brique n'est plus tout à fait la même.

— C'est ici, dit le garçon.

— Est-ce que tu te rappelles ce qu'il faut faire? demande Wondeur.

— Je descends la grande aiguille jusqu'à ce que l'horloge marque cinq heures vingt. Et le passage s'ouvrira.

Dans la noirceur, Wondeur et les yeux gris se font face. Ils se devinent plus qu'ils ne se voient. À leurs pieds, leurs lampes de poche dessinent deux ronds d'herbe lumineux.

— Je te remercie, commence Wondeur avec un chat dans la gorge.

— Est-ce que tu reviendras? souffle le garçon.

Wondeur hésite; elle veut bien choisir les mots:

— Je dois trouver qui je suis...

— Je sais que c'est difficile...

— Mais je n'oublierai jamais, promet Wondeur.

— Merci, dit à son tour les yeux gris.

Et de peur de changer d'idée, il tourne les talons. Il se dirige vers l'échelle. Malgré le vertige qui l'envahit, il grimpe les barreaux un à un. En haut, il agrippe à deux mains la pointe de la grande aiguille. Il appuie de tout son poids et la tire lentement vers le bas.

L'aiguille passe le I, le II et le III. Ses yeux gris fermés, à son coeur défendant, le garçon appuie sur l'aiguille encore une fois. L'horloge indique 5 heures 20.

Aussitôt, un frisson parcourt Wondeur. Dans le mur, une rangée de briques glisse, un escalier de pierre grise apparaît. Wondeur ne descend pas tout de suite. Elle dirige sa lampe de poche vers l'horloge et cherche les yeux gris une dernière fois.

Du haut de son échelle, le garçon fait la même chose. Les faisceaux lumineux se croisent, les enfants s'aveuglent. Wondeur s'engouffre dans l'ouverture qui se referme tout de suite derrière elle.

Sur la route qui longe le mur, un garçon aux yeux gris serre les dents. Il transporte tout seul une lourde échelle, il pense en marchant:

— Maintenant, tout est différent... Il est possible de franchir le mur.